朱日記

朱日記

朱日記

文＝泉鏡花
画＝中川学

国書刊行会

一

「小使《こづかい》、小《こ》ウ使《づかい》。」

程《ほど》もあらせず、……廊下を急いで、もっとも授業中の遠慮、静《しずか》に教員控所《ひかえじょ》の板戸の前へ敷居越《しきいごし》に髯《ひげ》面《づら》……というが頤頬《あごほお》などに貯《たくわ》えたわけではない。不精《ぶしょう》で剃刀《かみそり》を当てないから、むじゃむじゃとして黒い。胡麻《ごま》塩頭《しおあたま》で、眉《まゆ》の迫った渋色の真正面《まっしょうめん》を出したのは、苦虫《にがむし》と渾《あだ》名《な》の古物《こぶつ》、但《ただ》し人の好《い》い漢《おとこ》である。

「朱日記」絵本化に際して考えたこと

「朱日記《しゅにっき》」は、僕の泉鏡花の小説絵本化三作めとなる。鏡花作品は文章が難しく、その幻想的内容で目くらましがかかっていたりして、わかりやすくはないかもしれないけれど、時にとても現代的なテーマを有していると、僕は思っている。例えば先に絵本化した「龍潭《りゅうたん》譚《だん》」は「ひきこもり」の問題に触れているように思うし、「化鳥《けちょう》」は「母の呪縛」を幻想譚に昇華した作品だと思っている。今回「朱日記」を絵本化したいと思ったのも、現代に通じる、というよりも今だからこそわかるテーマを扱っている、と気づいたからだ。

主人公、雑所《ざいしょ》先生は小学校の教頭補を勤める真面目で几帳面で分別のある紳士なのだが、植物採集にでかけた山の中で、城下町を襲う火災の前兆のようなものに遭遇してしまう。以来予兆は次々と起こるのだが、近代人たる先生は、自分の直感を疑って、生徒たちを避難させるのをためらうのだ。やがて予感は的中し、街は「城下の家の、寿命が来た」かのような大火災に飲み込まれてしまう。

そう「朱日記」は、「都市災害」と「身体感覚」というとても現代的なモチーフをテーマにした作品なのだ。雑所先生が味わう火災が起こるまでの、落ち着かないイライラした感じを、近く大災害が起こるかもしれないと言われている、現在の僕たちなら理解できると思うのだ。と、これだけならハリウッド映画の災害パニックものなどでもありそうだけれど、そこは鏡花先生、それだけでは終わらない。災害の理由が、どうも人智を超えたものたちの恋愛の縺《もつ》れのようなのだ。

物語の中盤、美しくも妖しい姐《ねえ》さんが美少年宮浜に、

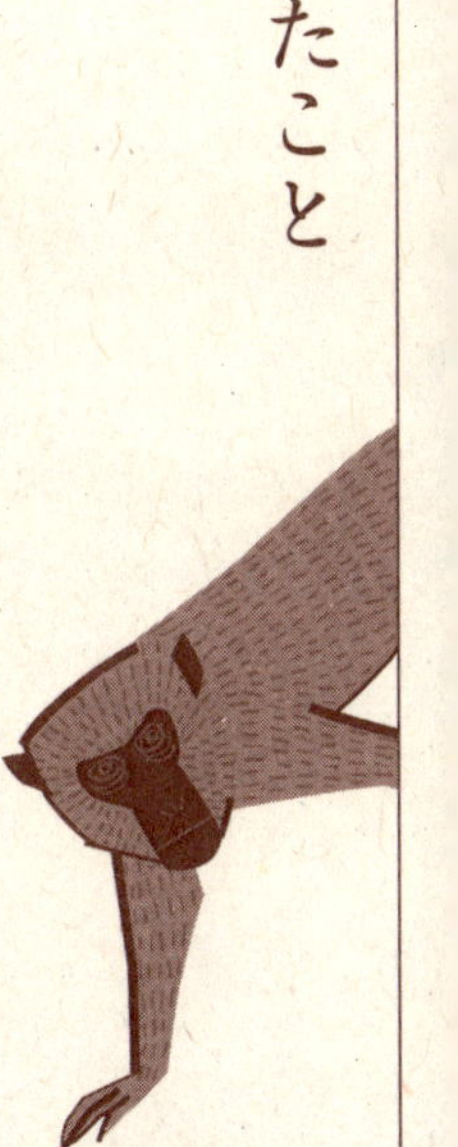

迫り来る火災の原因を語って聞かせる。「私があるものに身を任せれば火は燃えません。そのものが思《おもい》の叶わない仇《あだ》に」「沢山の家も、人も、なくなるように面当てにしますんだから」。大災厄の原因が、人外のモノの色恋沙汰だなんて。わけがわからない。が、よく考えて見れば、地震も火災も原発事故も、なぜそれが起こったのかは、実のところ人間の知り得るところではないのだと思う。プレートがどうしたのという科学的メカニズムやら、初期対応の遅れ云々といった人間の対処力不足で、災害の説明はなされるが、それは現象のほんの表層の説明でしかない。なぜその災厄が人間界に降り掛かるかという問いには、人間はついに答えられない。東日本大震災の際、某政治家が「罰があたった」と表現したけど、それさえ人間の驕慢《きょうまん》だろう。そんな人間の理解を超えた災害の原因を、鏡花先生は「人智の及ばぬものたちの色恋の縺れ」と「見立て」たのだと思う。

そして「殿方の生命《いのち》は知らず、女の操というものは、人にも家にもかえられぬ」という、姐さんの見栄を切るかのような名台詞は、何か戦争に突き進む男性原理社会への批判のようではないか。「朱日記」を読み味わうのに、今ほど適した時代はない。

この「朱日記」を絵本化するにあたって、まず考えたのは、色のことだった。旧態依然としたモノクロの街が朱色の炎につつまれていく。そんなイメージが最初に頭に浮かんだ。

「スミ」と「朱」の2色で描こう。モノクロームの絵は、上手く描けばカラーの絵よりも美しい。挿絵は読者の想像力をかき立てるのが役目だから、色は不要なのだと思っている。このスミが基調の画面に「朱」が差し込んでくる。物語の中では、火災の予兆として「朱」が効果的・象徴的に使われているし、最後街を焼き尽くす炎は美しい程恐ろしい「朱」色であるべきだ。朱の鮮やかさを際立たせるためにも、2色刷りにしようと思った。

絵と文章のバランスも工夫してみた。泉鏡花の文体は、突然展開する。普通の会話から次の行で一気に幻想状態に突入する。それこそが鏡花作品の醍醐味なのだが、不慣れな者には?となる。そこを、文章のタイミングにあわせて絵を分配することで、小説の意図が解りやすくなるように努めた。後半、絵に対して文章が極端に少なくなるのは、このあたりの物語がわずかな行数の中で次々展開し、ラストへと一気になだれ込むからだ。絵を挿入することで独特の読後感を損なわないようにしたつもりだが、どうだろう。

もう一つ、この作品を絵本化するにあたって、風景や小物などに存在感を出せるかどうかが重要だと考えた。そこで、鏡花のふるさと金沢に何度か足を運び、物語の舞台と思われる場所を取材してまわった。雑所先生が山中で怪異な出来事に出会う魔所を、卯辰山《うたつやま》に見つけたときは驚喜した。文中の「物見の松の梢の先が目に着いた～妙に真昼間も薄暗い、可厭《いや》な処」という表現そのままの場所が存在する。その場所をスケッチして、今回の作品の中に描いている。興味のある方は卯辰山に足を運ばれたい。卯辰山三社の裏手あたりがそうだと思う。さらに言えば「緋色の衣を着た大入道」と「赤い猿」そして「美しい姐さん」は卯辰山三社すなわち「天満宮」「豊国神社」「愛宕神社」をイメージして造形されているような気がする。たぶん、考えすぎだけど。とにかく卯辰山周辺を散策して、「朱日記」の世界の尻尾をつかんだような気がした。

本当は、泉鏡花の小説は挿絵なしで読むべきかもしれない。けれど、「鏡花作品はムズカシイ」という偏見が世に蔓延して久しいいま、僕の絵を足がかりに鏡花ワールドにアクセスする人が増えることを切に望んでいる。鏡花先生が僕に「朱日記」絵本化を許したのは、たぶんそのためなのだから。

平成二十七年三月

中川 学

中川 学（なかがわ　がく）

一九六六年生まれ。浄土宗西山禅林寺派僧侶。

一九九六年よりイラストレーションの仕事をはじめ、世界二〇カ国以上で読まれているロンドン発の情報誌『MONOCLE』や、
ドイツの著名美術系出版社『TASCHEN』が発行する世界のイラストレーター特集に掲載されるなど、世界へと活躍の場を広げている。

主な仕事／万城目学「とっぴんぱらりの風太郎」装画&挿絵（文藝春秋）二〇一三年、

「別冊文藝春秋」装画（文藝春秋）二〇一四年、絵本「世界でいちばん貧しい大統領のスピーチ」（汐文社）二〇一五年。

近年泉鏡花の絵本化に力を入れており、二〇一一年の「繪草子 龍潭譚」と二〇一二年の「絵本 化鳥」は二〇一三年アジアデザイン賞受賞。

http://www.kobouzu.net

Special Thanks

資料と数々の示唆と叱咤激励をくれた、泉鏡花記念館・穴倉玉日女史に。

「朱日記」の雑所先生になりきって日記の文字を書いてくれた、書家・上田普くんに。

試行錯誤の末、新しい鏡花本を作り上げてくれた、装幀家・山田英春氏に。

「朱日記」PVを楽しく作り上げてくれた、「チーム化鳥」こと、
アニメーター・青木香ちゃん&ミュージシャン・山口智さん&デザイナー・泉屋宏樹くん&今泉版画工房親方に。

そして、マイナーな「朱日記」だけで一冊の絵本を作るという暴挙を許してくれた、国書刊行会出版局長・礒崎純一氏に。

そしてそして、「龍潭譚」「化鳥」に続き「朱日記」までも絵本化を許してくれた（と勝手に思っている）、泉下の泉鏡花先生に。

心の底から、ありがとうございました。

「へい。」

とただ云ったばかり、素気《そっけ》なく口を引結《ひきむす》んで、真直《まっすぐ》に立っている。

「おお、源助《げんすけ》か。」

その職員室真中《まんなか》の大卓子《おおテエブル》、向側《むこうがわ》の椅子《いす》に凭《かか》った先生は、縞《しま》の布子《ぬのこ》、小倉《こくら》の袴《はかま》、羽織は袖《そで》に白墨摺《はくぼくずれ》のあるのを背後《うしろ》の壁に遣放《やりぱな》しに更紗《さらさ》の裏を捩《よじ》ってぶらり。髪の薄い天窓《あたま》を真俯向《まうつむ》けにして、土瓶《どびん》やら、茶碗《ちゃわん》やら、解《とき》かけた風呂敷包《ふろしきづつみ》、混雑《ごった》に職員のが散《ちら》ばったが、その控えた前だけ整然として、硯箱《すずりばこ》を右手《めて》へ引附《ひきつ》け、一冊覚書《おぼえがき》らしいのを熟《じっ》と視《なが》めていたのが、抜上《ぬけあが》った額《ひたい》の広い、鼻のすっと隆《たか》い、髯《ひげ》の無い、頤《おとがい》の細い、眉《まゆ》のくっきりした顔を上げた、雑所《ざいしょ》という教頭心得《きょうとうこころえ》。

何か落着《おちつ》かぬ色で、

「こっちへ入れ。」

と胸を張って袴の膝《ひざ》へちゃんと手を置く。

意味ありげな体《てい》なり。茶碗を洗え、土瓶に湯を注《さ》せ、では無さそうな処《ところ》から、小使《こづかい》もその気構《きがまえ》で、卓子《テエブル》の角《かど》へ進んで、太い眉をもじゃもじゃと動かしながら、

「御用で？」

「何は、三右衛門《さんえもん》は。」と聞いた。

これは背の抜群に高い、年紀《とし》は源助より大分少《わか》いが、仔細《しさい》も無かろう、けれども発心《ほっしん》をしたように頭髪をすっぺりと剃附《そりつ》けた青道心《あおどうしん》の、いつも莞爾々々《にこにこ》した滑稽《おど》けた男で、やっぱり学校に居る、もう一人の小使である。

「同役《どうやく》（といつも云う、士《さむらい》の果《はて》か、仲間《ちゅうげん》の上《あが》りらしい。）は番でござりまして、唯今水瓶《ただいまみずがめ》へ水を汲込《くみこ》んでおりまするが。」

「水を汲込んで、水瓶へ……むむ、この風で。」

と云う。閉込《しめこ》んだ硝子《がらす》窓がびりびりと鳴って、青空へ灰汁《あく》を湛《たた》えて、上から揺《ゆす》って沸立《わきた》たせるような凄《すさ》まじい風が吹く。

五月月間予
日
曜
職員會議
兒童早退
身體測定
職員會議

SEIKOSHA

その窓を見向いた片頬《かたほ》に、颯《さつ》と砂埃《すなほこり》を捲《ま》く影がさして、雑所《ざいしょ》は眉《まゆ》を顰《ひそ》めた。

「この風が、……何か、風……が烈《はげ》しいから火の用心か。」

と唐突《だしぬけ》に妙な事を言出《いいだ》した。が、成程《なるほど》、聞く方もその風なれば、さまで不思議とは思わぬ。

「いえ、かねてお諭《さと》しでもござりますし、不断《ふだん》十分に注意はしまするが、差当《さしあた》り、火の用心と申すではござりませぬ。……やがて、」

と例の渋い顔で、横手の柱に掛《かか》ったボンボン時計を睨《にら》むようにじろり。ト十一時……ちょうど半。

――小使《こづかい》の心持《こころもち》では、時間がもうちっと経《た》っていそうに思ったので、止まってはおらぬか、とさて瞻《みつ》めたもので。――風に紛《まぎ》れて針の音が全く聞えぬ。

そう言えば、全校の二階、下階《した》、どの教場《きようじよう》からも、声一つ、咳《しわぶき》半分響いて来《こ》ぬ、一日中、またこの正《ひ》午《る》になる一時間ほど、寂寞《ひっそり》とするのは無い。――それは小児《こども》たちが一心不乱、目《め》まじろぎもせずにお弁当の時を待構《まちかま》えて、無駄な足踏みもせぬからで。静《しずか》なほど、組々の、人一人の声も澄渡《すみわた》って手に取るようだし、広い職員室のこの時計のカチカチなどは、居ながら小使部屋でもよく聞えるのが例の処《ところ》を、ト瞻《みつ》めても針はソッとも響かぬ。羅馬《ロオマ》数字も風の硝子《がらす》窓のぶるぶると震《ふる》うのに釣られて、波を揺《ゆす》って見える。が、分銅《ぶんどう》だけは、調子を違《ちが》えず、とうんとうんと打つ――時計は止まったのではない。

「もう、これ午餉《おひる》になりまするで、生徒方が湯を呑《の》みに、どやどやと見えますで。湯は沸《たぎ》らせましたが――いや、どの小児衆《こどもしゅ》も性急で、渇《かわ》かし切ってござって、突然《いきなり》がぶりと喫《あが》りまするで、気を着けて進ぜませぬと、直《じ》きに火傷《やけど》を。」

「火傷を……ふむ。」

と長い顔を傾ける。

二

「同役《どうやく》とも申合わせまする事で。」

と対向《さしむか》いの、可《か》なり年配のその先生さえ少《わか》く見えるくらい、老実な語《くち》。

「加減をして、うめて進ぜまする。その貴方様《あなたさま》、水をフト失念いたしましたから、精々《せっせ》と汲込《くみこ》んでおりまするが、何か、別して三右衛門《さんえもん》にお使《つかい》でもござりますか、手前ではお間には合い兼ね……」

と言懸《いいか》けるのを、遮《さえぎ》って、傾けたまま頭《かぶり》を掉《ふ》った。

「いや、三右衛門でなくってちょうど可《い》いのだ、あれは剽軽《ひょうきん》だからな。……源助、実は年上のお前を見掛けて、ちと話があるがな。」

出方が出方で、源助は一倍まじりとする。

先生も少し極《きま》って、

「もっとこれへ寄らんかい。」

と椅子《いす》をかたり。卓子《テエブル》の隅を座取《ざど》って、身体《からだ》を斜《はす》に、袴《はかま》をゆらりと踏開《ふみひら》いて腰を落《おと》しつける。その前へ、小使《こづかい》はもっそり進む。

「卓子《テエブル》の向う前でも、砂埃《すなツぽこり》に掠《かす》れるようで、話がよく分らん、喋舌《しゃべ》るのに骨が折れる。ええん。」

と咳《しわぶき》をする下から、煙草《たばこ》を填《つ》めて、吸口《すいくち》をト頬《ほお》へ当てて、

「酷《ひど》い風だな。」

「はい、屋根も憂慮《きづか》われまする……この二三年と申しとうござりまするが、どうでござりましょうぞ。五月も半ば、と申すに、北風《ならい》のこう烈《はげ》しい事は、十年以来《このかた》にも、ついぞ覚えませぬ。いくら雪国でも、貴下様《あなたさま》、もうこれ布子《ぬのこ》から単衣《ひとえもの》と飛びまする処《ところ》を、今日《こんにち》あたりはどういたして、また襯衣《しゃつ》に股引《ももひき》などを貴下様、下女の宿下《やどさが》り見まするように、古葛籠《ふるつづら》を引覆《ひっくりかえ》しますような事でござりまして、ちょっと戸外《おもて》へ出て御覧《ごろう》じませ。鼻も耳も吹切《ふきき》られそうで、何とも凌《しの》ぎ切れませんではござりますまいか。

三右衛門なども、鼻の尖《さき》を真赤《まっか》に致して、えらい猿田《さるだ》彦《ひこ》にござります。はは。」

と変哲もない愛想笑《あいそうわらい》。が、そう云う源助の鼻も赤し、これはいかな事、雑所《ざいしょ》先生の小鼻のあたりも紅《べに》が染《にじ》む。

「実際、厳《きびし》いな。」

と卓子《テエブル》の上へ、煙管《きせる》を持ったまま長く露出《むきだ》した火鉢へ翳《かざ》した、鼠色《ねずみいろ》の襯衣《しゃつ》の腕を、先生ぶるぶると震《ふる》わすと、歯をくいしばって、引立《ひった》てるようにぐいと擡《もた》げて、床板へ火鉢をどさり。で、足を踏張《ふんば》り、両腕をずいと扱《しご》いて、

「御免《ごめん》を被《こうむ》れ、行儀も作法も云っちゃおられん、遠慮は不沙汰《ぶさた》だ。源助、当れ。」

「はい、同役とも相談をいたしまして、昨日《きのう》にも塞《ふさ》ごうと思いました、部屋（と溜《たまり》の事を云う）の炉《ろ》にまた噛《かじ》りつきますような次第にござります。」と中腰になって、鉄火箸《かなひばし》で炭を開《あら》けて、五徳《ごとく》を摺《ず》って引《ひっ》傾《かた》がった銅の大薬鑵《おおやかん》の肌を、毛深い手の甲でむずと撫《な》でる。

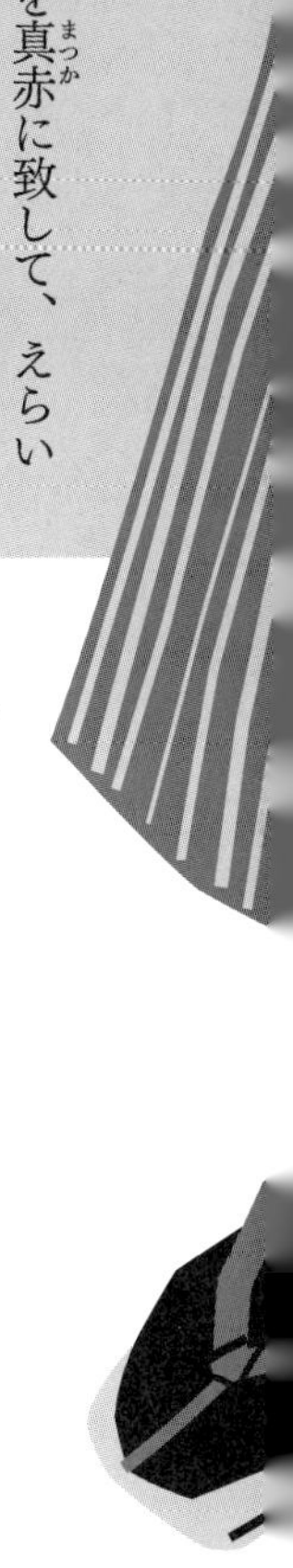

「一杯沸《たぎ》ったのを注《さ》しましょうで、――やがてお弁当でござりましょう。貴下様組《あなたさまくみ》は、この時間御休憩で？」

「源助、その事だ。」

「はい。」

と獅噛面《しかみづら》を後《あと》へ引込《ひっこ》めて目を据《す》える。

雑所は前のめりに俯向《うつむ》いて、一服吸った後を、口でふっふっと吹落《ふきおと》して、雁首《がんくび》を取って返して、吸殻《すいがら》を丁寧《ていねい》に灰に突込《つっこ》み、

「閉込《しめこ》んでおいても風が揺《ゆす》って、吸殻一つも吹飛《ふきと》ばしそうでならん。危《あぶな》いよ、こんな日は。」

とまた一つ灰を浴《あび》せた。瞳《ひとみ》を返して、壁の黒い、廊下を視《なが》め、

「可《い》い塩梅《あんばい》に、そっちからは吹通《ふきとお》さんな。」

「でも、貴方様《あなたさま》まるで野原でござります。お児達《こだち》の歩行《ある》いた跡は、平一面《たいらいちめん》の足跡でござりまするが。」

「むむ、まるで野原……」
と陰気な顔をして、伸上《のびあが》って透《す》かしながら、
「源助、時に、何、今小児《こども》を一人、少し都合があって、お前達の何だ、小使溜《こづかいだまり》へ遣《や》ったっけが、何は、……部屋に居《い》るか。」
「居《お》りまするで、悄乎《しょんぼり》としましてな。はい、……あの、嬢ちゃん坊ちゃんの事でござりましょう、部屋に居りますでございますよ。」

三

「嬢ちゃん坊ちゃん。」

と先生はちょっと口の裡《うち》で繰返《くりかえ》したが、直《す》ぐにその意味を知って頷《うなず》いた。今年九歳《ここのつ》になる、校内第一の綺麗《きれい》な少年、宮浜浪吉《みやはまなみきち》といって、名まで優しい。色の白い、髪の美しいので、源助はじめ、嬢ちゃん坊ちゃん、と呼ぶのであろう？……

「悄乎《しょんぼり》している。小使溜《こづかいだまり》に。」

「時ならぬ時分に、部屋へ茫乎《ぼんやり》と入って来て、お腹《なか》が痛むのかと言うて聞いたでござりますが、雑所《ざいしょ》先生が小使溜へ行っているように仰有《おっしゃ》ったとばかりで、悄《しお》れ返っておりまする。はてな、他《ほか》のものなら珍らしゅうござりませぬ。この児《こ》に限って、悪戯《いたずら》をして、課業中、席から追出《おいだ》されるような事はあるまいが、どうしたものじゃ。……寒いで、まあ、当りなさいと、炉の縁《ふち》へ坐《すわ》らせまして、手前も胡坐《あぐら》を掻《か》いて、火をほじりほじり、仔細《しさい》を聞きましても、何も言わずに、恍惚《うっとり》したように鬱込《ふさぎこ》みまして、あの可愛《かわい》げに掻合《かきあわ》せた美しい襟《えり》に、白う、そのふっくらとした頤《あご》を附着《くッつ》けて、頻《しき》りとその懐中《ふところ》を覗込《のぞきこ》みますのを、じろじろ見ますと、浅葱《あさぎ》の襦袢《じゅばん》が開《はだ》けまするまで、艶々露《つやつやつゆ》も垂れるげな、紅《べに》を溶いて玉にしたようなものを、溢《こぼ》れまするほど、な、貴方様《あなたさま》。」

「むむそう。」

と考えるようにして、雑所はまた頷《うなず》く。

「手前、御存じの少々近視眼《ちかめ》で。それへこう、霞《かすみ》が掛《かか》りました工《ぐ》合《あい》に、薄い綺麗な紙に包んで持っているのを、何か干菓子《ひがし》ででもあろうかと存じました処《ところ》。」

「茱萸《ぐみ》だ。」と云って雑所は居直る。話がここへ運ぶのを待構《まちかま》えた体《てい》であった。

「で、ござりまするな。目覚める木《き》の実《み》で、いや、小児《こども》が夢中になるのも道理でござります。」と感心した様子に源助は云うのであった。

青梅もまだ苦い頃《うち》、やがて、李《すもも》でも色づかぬ中は、実際苺《いちご》と聞けば、小蕪《こかぶ》のように干《ひ》乾《から》びた青い葉を束《たば》ねて売る、黄色な実だ、と思っている、こうした雪国では、蒼空《あおぞら》の下に、白い日で暖《あたたか》く蒸す茱萸《ぐみ》の実の、枝も撓々《たわわ》な処《ところ》など、大人さえ、火の燃ゆるがごとく目に着くのである。

「家《うち》から持ってござったか。教場《きょうじょう》へ出て何の事じゃ、大方《おおかた》そのせいで雑所《ざいしょ》様に叱《しか》られたものであろう。まあ、大人《おとな》しくしていなさい、とそう云うてやりまして、実は何でござります。……あの児《こ》のお詫《わび》を、と間《ま》を見ておりました処を、ちょうどお召《めし》でござりまして、

……はい。何も小児《こども》でござります。日頃が日頃で、ついぞ世話を焼かした事の無い、評判の児《こ》でござりまするから、今日《こんにち》の処は、源助、あの児《こ》になりかわりまして御訴訟《ごそしょう》。はい、気が小さいかいたして、口も利けずに、とぼんとして、可哀《かわい》や、病気にでもなりそうに見えまするがい。」と揉手《もみで》をする。

「どうだい、吹く事は。酷《ひど》いぞ。」

と窓と一所《いっしょ》に、肩をぶるぶると揺《ゆす》って、卓子《テエブル》の上へ煙管《きせる》を棄《す》てた。

「源助。」

と再度更《あらたま》って、

「小児《こども》が懐中《ふところ》の果物なんか、袂《たもと》へ入れさせれば済む事よ。

どうも変に、気に懸《かか》る事があってな、小児《こども》どころか、お互《たがい》に、大人が、とぼんとならなければ可《い》いが、と思うんだ。

昨日《きのう》夢を見た。」

と注《つ》いで置きの茶碗に残った、冷《つめた》い茶をがぶりと飲んで、

「昨日《きのう》な、……昨夜《ゆうべ》とは言わん。が、昼寝をしていて見たのじゃない。日の暮れようという、そちこち、暗くなった山道だ。」

「山道の夢でござりまするな。」

「否《や》、実際山を歩行《ある》いたんだ。それ、日曜さ、昨日《きのう》は――源助、お前は自《おのず》から得ている。私は本と首引《くびッぴ》きだが、本草《ほんぞう》が好物でな、知ってる通り。で、昨日《きのう》ちと山を奥まで入った。つい浮々《うかうか》と谷々へ釣《つり》込《こ》まれて。

　こりゃ途中で暗くならなければ可《い》いが、と山の陰がちと憂慮《きづか》われるような日ざしになった。それから急いで引返《ひきかえ》したのよ。」

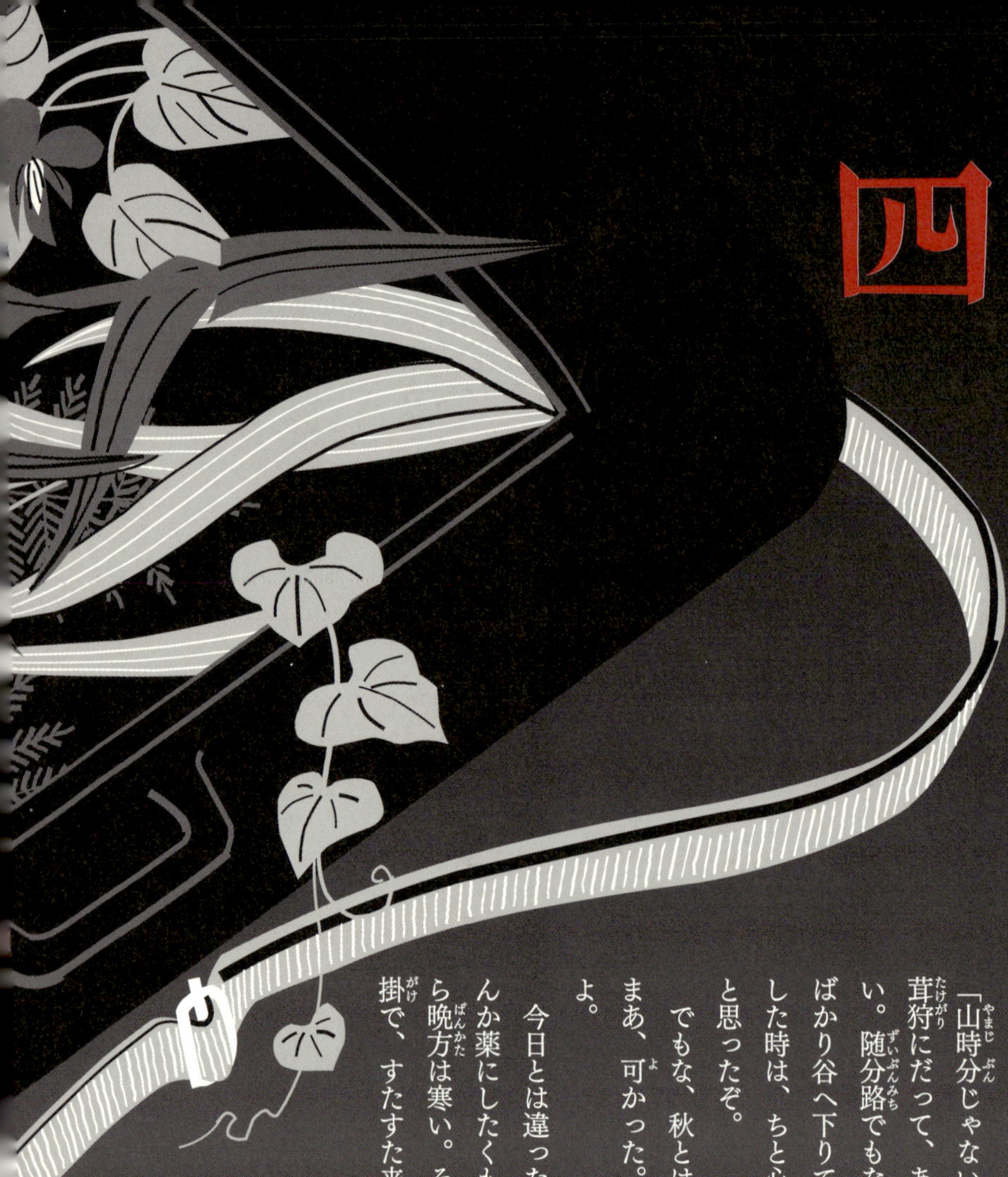

四

「山時《やまじ》分《ぶん》じゃないから人ッ子に逢《あ》わず。また茸狩《たけがり》にだって、あんなに奥まで行《ゆ》くものはない。随分路《ずいぶんみち》でもない処《ところ》を潜《もぐ》ったからな。三ツばかり谷へ下りては攀上《よじのぼ》り、下りては攀上りした時は、ちと心細くなった。昨夜《ゆうべ》は野宿かと思ったぞ。

でもな、秋とは違って、日の入《いり》が遅いから、まあ、可《よ》かった。やっと旧道に繞《めぐ》って出たのよ。

今日とは違った嘘のような上天気で、風なんか薬にしたくもなかったが、薄着で出たから晩方《ばんかた》は寒い。それでも汗の出るまで、脚絆《きやはん》掛《がけ》で、すたすた来ると、幽《かすか》に城が見えて来た。

城の方にな、可厭《いや》な色の雲が出ていたには出ていたよ——この風になったんだろう。

その内《うち》に、物見《ものみ》の松の梢《こずえ》の尖《さき》が目に着いた。もう目の前の峰を越すと、あの見霽《みはら》しの丘へ出る。……後は一雪崩《ひとなだれ》にずるずると屋敷町の私の内へ辷《すべ》り込まれるんだ、と吻《ほっ》と息をした。ところがまた、知ってる通り、あの一町場《ひとちょうば》が、一方谷《いっぽうたに》、一方覆被《おっかぶ》さった雑《ぞう》木林《きばやし》で、妙に真昼間《まっぴるま》も薄暗い、可厭《いや》な処《ところ》じゃないか。」

「名代《なだい》な魔所でござります。」

「何か知らんが。」

と両手で頤《あご》を扱《しご》くと、げっそり瘠《や》せたような顔色《かおつき》で、

「一《ひと》ッ切《きり》、洞穴《ほらあな》を潜《くぐ》るようで、それまで、ちらちら城下が見えた、大川の細い靄《もや》も、大橋の小さな灯《ひ》も、何も見えぬ。

ざわざわざわと音がする。……樹の枝じゃ無い、右のな、その崖《がけ》の中腹《ちゅうふく》ぐらいな処《ところ》を、熊笹《くまざさ》の上へむくむくと赤いものが湧《わ》いて出た。幾疋《いくひき》となく、やがて五六十、夕焼がそこいらを胡乱《うろ》つくように……皆《みんな》猿だ。

丘の隅にゃ、荒れたが、それ山王《さんのう》の社《やしろ》がある。時々山奥から猿が出て来るという処だから、その数の多いにはぎょっとしたが——別に猿というに驚くこともなし、また猿の面《つら》の赤いのに不思議はないがな、源助。

どれもこれも、どうだ、その総身《そうしん》の毛が真赤《まっか》だろう。

しかも数が、そこへ来た五六十疋《ぴき》という、そればかりじゃない。後《あと》へ後へと群《むらが》り続いて、裏山の峰へ尾を曳《ひ》いて、遥かに高い処から、赤い滝を落し懸けたのが、岩に潜《くぐ》ってまた流れる、その末《すえ》の開《ひら》いた処が、目の下に見える数よ。最も遠くの方は中絶《なかだ》えして、一ツ二ツずつ続いたんだが、限りが知れん、幾百居《い》るか。

で、何の事はない、
虫眼鏡《むしめがね》で赤蟻《あかあり》の行列を
山へ投懸《なげか》けて視《なが》めるようだ。
それが一ツも鳴かず、静まり返って、さっさっさっ
と動く、熊笹がざわつくばかりだ。
夢だろう、夢でなくって。夢だと思って、源助、
まあ、聞け。……実は夢じゃないんだが、現在見た
と云っても真個《ほんと》にはしまい。」
源助はこれを聞くと、いよいよ渋って、顋《あご》の毛を
すくすくと立てた。
「はあ。」
と息を内《うち》へ引きながら、
「随分《ずいぶん》、真個《ほんとう》にいたします。場所がらでござります
るで。雑所《ざいしよ》様、なかなか源助は疑いませぬ。」

「疑わん、真個《ほんと》に思う。そこでだ、源助、ついでにもう一ツ真個《ほんと》にしてもらいたい事がある。そこへな、背後《うしろ》の、暗い路《みち》をすっと来て、私に、ト並んだと思う内に、大跨《おおまた》に前へ抜越《ぬけこ》したものがある。……

山遊びの時分には、女も駕籠《かご》も通る。狭くはないから、肩摺《かたず》れるほどではないが、まざまざと足が並んで、はっと不意に、こっちが立停《たちど》まる処《ところ》を、抜けた。

下闇《したやみ》ながら——こっちももう、僅《わず》かの処だけれど、赤い猿が夥《おびただ》しいので、人恋しい。で透《す》かして見ると、判然《はっきり》とよく分った。それも夢かな、源助、暗いのに。——裸体《はだか》に赤合羽《あかがっぱ》を着た、大きな坊主だ。」

「へい。」と源助は声を詰めた。

「真黒《まっくろ》な円《まる》い天窓《あたま》を露出《むきだし》でな、耳元を離した処へ、その赤合羽の袖《そで》を鯱子張《しゃちこば》らせる形に、大《おおき》な肱《ひじ》を、ト鍵形《かぎなり》に曲げて、柄《え》の短い赤い旗を飜々《ひらひら》と見せて、しゃんと構えて、ずんずん通る。……

旗は真赤《まっか》に宙を煽《あお》つ。

まさかとは思う……ことにその言った通り人恋しい折からなり、対手《あいて》の僧形《そうぎょう》にも何分《なにぶん》か気が許されて、

（御坊《ごぼう》、御坊。）

と二声《ふたこえ》ほど背後《うしろ》で呼んだ。」

五

「物凄《ものすご》さも前《さき》に立つ。さあ、呼んだつもりの自分の声が、口へ出たか出んか分らないが、一も二もない、呼んだと思うと振向《ふりむ》いた。

顔は覚えぬが、顱《あご》も額《ひたい》も赤いように思った。

（どちらへ？）

と直《す》ぐに聞いた。

ト竹を破《わ》るような声で、

（城下を焼きに参るのじゃ。）

と言う。ぬいと出て脚許《あしもと》へ、五《い》つ六《む》つの猿が届いた。

赤い雲を捲《ま》いたようにな、源助。」

「…………」小使《こづかい》は口も利かず。

「その時、旗を銜《つ》と上げて、（物見《ものみ》からちと見物なされ。）と云うと、上げたその旗を横に、飜然《ひらり》と返して、指したと思えば、峰に並んだ向うの丘の、松の梢《こずえ》へ颯《さっ》と飛移《とびうつ》ったかと思う、旗の煽《あお》つような火が松明《たいまつ》を投附《なげつ》けたように熌《ぱっ》と燃え上る。

顔も真赤《まっか》に一面の火になったが、遥かに小さく、ちらちらと、ただやっぱり物見の松の梢の処《ところ》に、丁子頭《ちょうじがしら》が揺れるように見て、気が静《しずま》ると、坊主も猿も影も無い。

赤い旗も、花火が落ちる状《さま》になくなったんだ。

小児《こども》が転んで泣くようだ、他愛《たあい》がないじゃないか。さてそうなってから、急に我ながら、世にも怯《おび》えた声を出して、（わっ。）と云ってな、三反《だん》ばかり山路《やまみち》の方へ宙を飛んで遁出《にげだ》したと思え。

はじめて夢が覚めた気になって、寒いぞ、今度は。がちがち震《ふる》えながら、傍目《わきめ》も触《ふ》らず、坊主が立ったと思う処《ところ》は爪立足《つまだちあし》をして、それから、お前、前の峰を引搔《ひっか》くように駆《かけ》上《あが》って、……ましぐらにまた摺落《ずりお》ちて、見《み》霽《はら》しへ出ると、どうだ。夜が明けたように広々として、崖《がけ》のはずれから高い処を、乗《のり》出《だ》して、城下を一人で、月の客と澄まして視《なが》めている物見の松の、ちょうど、赤い旗が飛移った、と、今見る処に、五日頃の月が出て蒼白《あおじろ》い中に、松の樹はお前、大蟹《おおがに》が

海松房《みるぶさ》を引被《ひっかず》いて山へ這出《はいで》た形に、しっとりと濡《ぬ》れて薄靄《うすもや》が絡《まと》っている。遥かに下だが、私の町内と思うあたりを……場末《ばすえ》で遅《おそ》廻《まわ》りの豆腐屋《とうふや》の声が、幽《かすか》に聞えようというのじゃないか。

話にならん。いやしくも小《こ》児《ども》を預って教育の手伝もしようというものが、まるで狐《きつね》に魅《つま》まれたような気持で、……家内にさえ、話も出来ん。

帰って湯に入って、寝たが、綿《わた》のように疲れていながら、何か、それでも寝苦《ねぐる》しくって時々早鐘《はやがね》を撞《つ》くような

音が聞えて、吃驚《びっくり》して目が覚める、と寝汗でぐっちょり、それも半分は夢心地さ。

明方《あけがた》からこの風さな。」

「正寅《しょうとら》の刻《こく》からでござりました、海嘯《つなみ》のように、どっと一《いっ》時《とき》に吹出《ふきだ》しましたに因って存じております。」と源助の

言《こと》つき、あたかも口上《こうじょう》。何か、恐入《おそれい》っている体《てい》がある。

「夜があけると、この砂煙《すなけぶり》。でも人間、雲霧《くもきり》を払った気持だ。そして、赤合羽《あかがっぱ》の坊主の形もちらつかぬ。やがて忘れてな、八時、九時、十時と何事もなく課業を済まして、この十一時が読本《どくほん》の課目なんだ。な、源助。

授業に掛《かか》って、読出《よみだ》した処《ところ》が、怪訝《おかし》い。消火器の説明がしてある、火事に対する種々《いろいろ》の設備のな。しかしもうそれさえ気にならずに業《ぎょう》をはじめて、ものの十分も経《た》ったと思うと、入口の扉を開けて、ふらりと、あの児《こ》が入って来たんだ。」

「へい、嬢ちゃん坊ちゃんが。」

「そう。宮浜がな。おや、と思った。あの児《こ》は、それ、墨《すみ》の中に雪だから一番目に着く。……朝、一二時間ともちゃんと席に着いて授業を受けたんだ。——この硝子《がらす》窓の並びの、運動場《うんどうば》のやっぱり窓際《まどぎわ》に席があって、……もっとも二人並んだ内側の方だが。さっぱり気が着かずにいた。……成程《なるほど》、その席が一ツ穴になっている。

また、箸《はし》の倒れた事でも、沸《にえ》返《かえ》って騒立《さわぎた》つ連中が、一人それまで居なかったのを、誰もいッつけ口《ぐち》をしなかったも怪《あやし》いよ。

ふらりと廊下から、時ならない授業中に入って来たので、さすがに、わっと動揺《どよ》めいたが、その音も戸外《おもて》の風に吹攫《ふきさら》われて、どっと遠くへ、山へ打《ぶ》つかるように持って行かれる。口や目ばかり、ばらばらと、動いて、騒いで、小児等《こどもら》の声は幽《かすか》に響いた……」

六

「私も不意だから、変に気を抜かれたようになって、とぼんと、あの可愛《かわい》らしい綺麗《きれい》な児《こ》を見たよ。

密《そっ》と椅子《いす》の傍《そば》へ来て、愛嬌《あいきょう》づいた莞爾《にっこり》した顔をして、

(先生、姉さんが。)

と云う。――姉さんが来て、今日は火が燃える、大火事があって危ないから、早《はや》仕舞《じまい》にしてお帰りなさい。先生にそうお願いして、と言いますから……家《うち》へ帰らして下さい、と云うんです。含羞《はにか》む児《こ》だから、小さな声して。

風はこれだ。

聞えないで僥倖《さいわい》。ちょっとでも生徒の耳に入ろうものなら、壁を打抜《ぶちぬ》く騒動だろう。

もうな、火事と、聞くと頭から、ぐらぐらと胸へ響いた。

騒がぬ顔して、皆《みんな》には、宮浜が急に病気になったから今手当をして来る。かねて言う通り静《しずか》にしているように、と言《いい》聞《き》かしておいて、精々落着《せいぜいおちつ》いて、まず、あの児《こ》をこの控所《ひかえじょ》へ連れ出して来たんだ。処《ところ》で、気を静めて、と思うが、何分《なにぶん》、この風が、時々、かっと赤くなったり、黒くなったりする。な源助どうだ。こりゃ。」

と云う時、言葉が途切れた。二人とも目を据《す》えて瞻《みまも》るばかり、一時《ひとしきり》、屋根を取って拏《ひし》ぐがごとく吹き撲《なぐ》る。

「気が騒いでならんが。」

と雑所《ざいしょ》は、確乎《しっか》と腕組をして、椅子《いす》の凭《かか》りに、背中を摺《すり》着《つ》けるばかり、ぴたりと構えて、

「よく、宮浜に聞いた処《ところ》が、本人にも何だか分らん、姉さんというのが見知らぬ女で、何も自分の姉という意味では無いとよ。

はじめて逢《あ》ったのかと、尋ねる、とそうではない。この七日《なぬか》ばかり前だそうだ。
　授業が済んで帰るとなる、大勢列を造って、それな、門まで出る。足並を正《ただ》して、私が一二《いちに》と送り出す……
　すると、この頃塗直《ぬりなお》した、あの蒼《あお》い門の柱の裏に、袖口《そでぐち》を口へ当てて、小児《こども》の事で形は知らん。頭髪《かみ》の房々とあるのが、美しい水晶のような目を、こう、俯目《ふしめ》ながら清《すず》しゅう瞻《みは》って、列を一人一人見遁《みのが》すまいとするようだっけ。
　物見《ものみ》の松はここからも見える……雲のようなはそればかりで、よくよく晴れた暖《あたたか》い日だったと云う……この十四五

日、お天気続きだ。
　私も、毎日門外まで一同を連出《つれだ》すんだが、七日前にも二日こっちも、ついぞ、そんな娘を見掛けた事はない。しかもお前、その娘が、ちらちらと白い指でめんない千鳥をするように、手招きで引着《ひきつ》けるから、うっかり列を抜けて、その傍《そば》へ寄ったそうよ。それを私は何も知らん。

（宮浜の浪《なみ》ちゃんだねえ。）

とこの国じゃない、本で読むような言《ことば》で聞くとさ。頷《うなず》くと、

（好《い》いものを上げますから私と一所《いっしょ》に、さあ、行《ゆ》きましょう、皆《みんな》に構わないで。）

と、私等《わたしら》を構わぬ分に扱ったは酷《ひど》い！

なあ、源助。

で、手を取られるから、ついて行《ゆ》くと、どこか、学校からさまで遠くはなかったそうだ。荒れには荒れたが、大きな背戸《せど》へ裏木戸から連込《つれこ》んで、茱萸《ぐみ》の樹の林のような中へ連れて入った。目の眶《ふち》も赤らむまで、ほかほかとしたと云う。で、自分にも取れば、あの児《こ》にも取らせて、そして言う事が妙ではないか。

（沢山《たんと》お食《あが》んなさいよ。皆《みんな》、貴下《あなた》の阿《おっ》母《か》さんのような美しい血になるから。）

と言ったんだそうだ。土産《みやげ》にもくれた。帰って誰が下すった、と父《おやじ》にそう言いましょうと、聞くと、

（貴下《あなた》のお亡《な》くなんなすった阿母《おっかさん》のお友だちです。）

と言ったってな。あの児《こ》の母親はなくなった筈《はず》だ。が、ここまではとにかく無事だ、源助。

その婦人が、今朝また、この学校へ来たんだとな。」

源助は、びくりとして退《さが》る。

「今度は運動場。で、十時の算術が済んだ放課の時だ。風にもめげずに皆駆出《みんなかけだ》すが、ああいう児《こ》だから、一人で、それでも遊戯さな……石盤《せきばん》へこう姉様《あねさま》の顔を描《か》いていると、硝子戸越《がらすどごし》に……夢にも忘れない……その美しい顔を見せて、外へ出るよう目で教える……一度逢《あ》ったばかりだけれども、小児《こども》は一目顔を見ると、もうその心が通じたそうよ。」

七

「宮浜はな、今日は、その婦人が紅《あか》い木《こ》の実《み》の簪《かんざし》を挿《さ》していた、やっぱり茱萸《ぐみ》だろうと云うが、果物の簪は無かろう……小児《こども》の目だもの、珊瑚《さんご》かも知れん。

そんな事はとにかくだ。

直《す》ぐに、嬉々《いそいそ》と廊下から大廻《おおまわ》りに、ちょうど自分の席の窓の外。その婦人の待っている処《ところ》へ出ると、それ、散々に吹散《ふきち》らされながら、小児《こども》が一杯、ふらふらしているだろう。

源助、それ、近々《ちかぢか》に学校で――やがて暑さにはなるし――余り青苔《あおごけ》が生えて、石垣も崩れたというので、井戸側《いどがわ》を取替《とりか》えるに、石の大輪《おおわ》が門の内《うち》にあったのを、小児《こども》だちが悪戯《いたずら》に庭へ転がし出したのがある。――那個《あれ》だ。

大人なら知らず、円《まる》くて辷《すべ》るにせい、小児《こども》が三人や五人ではちょっと動かぬ。そいつだが、婦人が、あの児《こ》を連れて、すっと通ると、むくりと脈を打ったように見えて、ころころと芝の上を斜違《はすつか》いに転がり出した。

（やあい、井戸側が風で飛ばい。）か、何か、哄《どっ》と吶喊《とき》を上げて、小児《こども》が皆《みんな》それを追懸《おいか》けて、一団《ひとかたまり》に黒くなって駆出《かけだ》すと、その反対の方へ、誰にも見着けられないで、澄まして、すっと行ったと云うが、どうだ、これも変だろう。

横手の土塀際《どべいぎわ》の、あの棕櫚《しゅろ》の樹の、ばらばらと葉が鳴る蔭へ入って、黙って背《せなか》を撫《な》でなぞしてな。

そこで言聞《いいき》かされたと云うんだ。

（今に火事がありますから、早く家《うち》へお帰んなさい、先生にそう云って。でも学校の教師さん、そんな事がありますかッて肯《き》きなさらないかも知れません。黙ってずんずん帰って可《よ》うござんす。怪《け》我《が》には替えられません。けれども、後で叱《しか》られると不可《いけ》ませんから、なりたけお許しをうけてからになさいましよ。

時刻はまだ大丈夫だとは思いますが、そんな、こんなで帰りが遅れて、途中、もしもの事があったら、これをめしあがれよ。そうすると烟《けむり》に捲《ま》かれませんから。）

とそう云ってな。……そこで、袂《たもと》から紙包みのを出して懐中《ふところ》へ入れて、圧《おさ》えて、こう抱寄《だきよ》せるようにして、そして襟《えり》を掻合《かきあわ》せてくれたのが、その茱萸《ぐみ》なんだ。

と云う中《うち》にも、風のなぐれで、すっと黒髪を吹いて、まるで顔が隠れるまで、むらむらと懸《かか》る、と黒雲が走るようで、はらりと吹分《ふきわ》ける、と月が出たように白い頬《ほお》が見えたと云う……

　けれども、見えもせぬ火事があると、そんな事は先生には言憎《いいにく》い、と宮浜が頭《かぶり》を振ったそうだ。

（では、浪ちゃんは、教師さんのおっしゃる事と、私の言う事と、どっちを真個《ほんとう》だと思います。――）

　こりゃ小児《こども》に返事が出来なかったそうだが、そうだろう……なあ、無理はない、源助。

（先生のお言《ことば》に嘘はありません。けれども私の言う事は真個《ほんとう》です……今度の火事も私の気でどうにもなる。――私があるものに身を任せれば、火は燃えません。そのものが、思《おもい》の叶《かな》わない仇《あだ》に、私が心一つから、沢山《たくさん》の家も、人も、なくなるように面当《つらあ》てにしますんだから。

　まあ、これだって、浪ちゃんが先生にお聞きなされば、自分の身体《からだ》はどうなってなりとも、人も家も焼けないようにするのが道だ、とおっしゃるでしょう。

殿方《とのがた》の生命《いのち》は知らず、女の操《みさお》というものは、人にも家にもかえられぬ。

……と私はそう思うんです。そう私が思う上は、火事がなければなりません。今云う通り、私へ面当《つらあ》てに焼くのだから。

まだ私たち女の心は、貴下《あなた》の年では得心《とくしん》が行《ゆ》かないで、やっぱり先生がおっしゃるように、我身《わがみ》を棄《す》てても、人を救うが道理のように思うでしょう。

否《いいえ》、違います……殿方の生命《いのち》は知らず。）

と繰返《くりかえ》して、

（女の操というものは。）と熟《じっ》と顔を凝視《みつ》めながら、

（人にも家にも代えられない、と浪ちゃん忘れないでおいでなさい。今に分ります……紅《あか》い木《こ》の実《み》を沢山《たんと》食べて、血の美しく綺麗《きれい》な児《こ》には、そのかわり、火の粉《こ》も桜の露《つゆ》となって、美しく降るばかりですよ。さ、いらっしゃい、早く。気を着けて、私の身体《からだ》も大切な日ですから。）

と云う中《うち》にも、裾《すそ》も袂《たもと》も取って、空へ頭髪《かみ》ながら吹上《ふきあ》げそうだったってな。

これだ、源助、窓硝子《まどがらす》が波を打つ、あれ見い。」

八

雑所《ざいしょ》先生は一息吐《つ》いて、

「私が問うのに答えてな、あの宮浜はかねて記憶の可《い》い処《ところ》を、母のない児《こ》だ。——優しい人の言う事は、よくよく身に染《し》みて覚えたと見えて、まるで口移《くちうつ》しに諳《あん》誦《しょう》をするようにここで私に告げたんだ。が、一々、ぞくぞく膚《はだ》に粟《あわ》が立った。けれども、その婦人の言う、謎《なぞ》のような事は分らん。

そりゃ分らんが、しかし詮《せん》ずるに火事がある一条《いちじょう》だ。

(まるで嘘とも思わんが、全く事実じゃなかろう、ともかく、小使溜《こづかいだまり》へ行って落着《おちつ》いていなさい、ちっと熱もある。)

額《ひたい》を撫《な》でて見ると熱いから、そこで、あの児《こ》をそちらへ遣《や》ってよ。

さあ、気になるのは昨夜《ゆうべ》の山道の一件だ。……赤い猿、赤い旗な、赤合羽《あかがっぱ》を着た黒坊主よ。」

「緋《ひ》、緋の法衣《ころも》を着たでござります、赤合羽ではござりません。魔、魔の人でござりますが。」とガタガタ胴震《どうぶる》いをしながら、窘《たしな》めるように言う。

「さあ、何か分らぬが、あの、雪に折れる竹のように、パシリとした声して……何と云った。

（城下を焼きに参るのじゃ。）

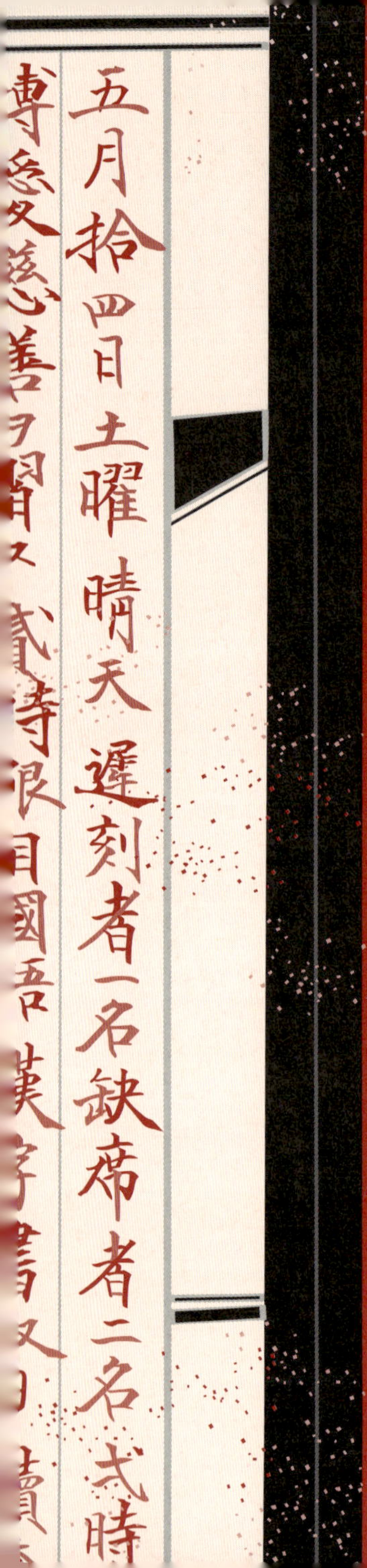
五月拾四日土曜 晴天 遅刻者一名欠席者二名 式時

源助、宮浜の児《こ》を遣《や》ったあとで、天窓《あたま》を引抱《ひっかか》えて、こう、風の音を忘れるように沈《じっ》と考えると、ひょい、と火を磨《す》るばかりに、目に赤く映ったのが、これなんだ。」

と両手で控帳《ひかえちょう》の端《はし》を取って、斜めに見せると、楷《かい》書《しょ》で細字《さいじ》に認《したた》めたのが、輝くごとく、もそりと出した源助の顔に赫《か》ッと照って見えたのは、朱《しゅ》で濃く、一面の文字《もんじ》である。

「へい。」

「な、何からはじまった事だか知らんが、ちょうど一週間前から、ふと朱でもって書き続けた、こりゃ学校での、私の日記だ。

昨日《きのう》は日曜で抜けている。一週間。」

と颯《さっ》と紙を刎《は》ねて、小口《こぐち》をばらばらと繰返《くりかえ》すと、戸外《おもて》の風の渦巻《うずまき》に、一《ひと》ちぎれの赤い雲が卓子《テエブル》を飛ぶ気勢《けはい》する。

「この前の時間にも、(暴風)と書いて消して(烈風)をまた消して(颶風《ぐふう》)なり、と書いた、やっぱり朱で、見な……

しかも変な事には、何を狼狽《うろた》たか、一枚半だけ、罫紙《けいし》で残して、明日《あす》の分を、ここへ、これ(火曜)としたぜ。」

と指す指が、ひッつりのように、びくりとした。

限目日本歴史吉野ノ朝廷ト楠正成　五時限目體操：跳箱
巫山戯テ跳箱ヨリ落ル者アリ　醫務室ニテ治
用ヲ忘ル者一名　度重ルニヨリテ嚴重ニ注意ス　六時限
セバ合唱ス一人美聲アリ
等決ス放

五月拾六日　月曜　天氣明朗ナレドモ明方ヨリ風強
遅刻者缺席者共ニ無シ　咳スルモノ數人アリ　弐時
讀本　北風増シ強ク吹キテ暴風　烈風　颶風ナリ

火曜

「読本《とくほん》が火の処《ところ》……源助、どう思う。他の先生方は皆《みん》な私より偉いには偉いが年下だ。校長さんもずッとお少《わか》い。

こんな相談は、故老《ころう》に限ると思って呼んだ。どうだろう。万一の事があるとなら、あえて宮浜の児《こ》一人でない。……どれも大事な小児《こども》たち――その過《あやま》失《ち》で、私が学校を止《や》めるまでも、地《じ》鞴《だんだ》を踏んでなりと直《す》ぐに生徒を帰したい。が、何でもない事のようで、これがまた一大事だ。いやしくも父兄《ふけい》が信頼して、子弟《してい》の教育を委《ゆだ》ねる学校の分として、婦《おんな》、小児《こども》や、茱萸《ぐみ》ぐらいの事で、臨時休業は沙汰《さた》の限りだ。

私一人の間抜《まぬけ》で済まん。

第一さような迷信は、任として、私《わたし》等《ら》が破って棄ててやらなけりゃならんのだろう。そうかッてな、もしやの事があるとすると、何より恐ろしいのはこの風だよ。ジャンと来て見ろ、全市瓦《かわら》は数えるほど、板葺《いたぶき》屋根が半月《はんつき》の上も照込《てりこ》んで、焚附《たきつけ》同様。——何と私等《わたしら》が高台の町では、時ならぬ水切《みずぎれ》がしていようという場合ではないか。土の底まで焼抜《やきぬ》けるぞ。小児《こども》たちが無事に家へ帰るのは十人に一人もむずかしい。

思案に余った、源助。気が気でないのは、時が後《おく》れて驚破《すわ》と言ったら、赤い実を吸え、と言ったは心細い——一《いっ》時半時《ときはんじ》を争うんだ。もし、ひょんな事があるとすると——どう思う、どう思う、源助、考慮《かんがえ》は。」

「尋常《ただ》、尋常《ただ》ごとではございません。」
と、かッと卓子《テエブル》に拳《こぶし》を摑《つか》んで、
「城下の家の、寿命が来たでございましょう、争われぬ、争われぬ。」

と半分目を眠《ねむ》って、盲目《めくら》がするように、白眼《しろまなこ》で首を据《す》えて、天井を恐ろしげに視《なが》めながら、

「ものはあるげにござりまして……旧藩頃の先《せん》主人が、夜学の端《はし》に承《うけたま》わります。昔その唐《から》の都の大道《だいどう》を、一時《あるとき》、その何でござりまして、怪しげな道人《どうじん》が、髪を捌《さば》いて、何と、骨だらけな蒼《あお》い胸を岸破々々《がばがば》と開けました真中《まんなか》へ、人、人という字を書いたのを掻開《かっぱだ》けて往来《おうらい》中駆廻《じゅうかけまわ》ったげでござります。いつかも同役《どうやく》にも話した事でござりまするが、何の事か分りません。唐《から》の都でも、皆《みん》なが不思議がっておりまするると、その日から三日目に、年代記にもないほどな大火事が起りまして。」

「源助、源助。」

と雑所《ざいしょ》大《おお》きに急《せ》いて、

「何だ、それは。胸へ人という字を書いたのは。」とかかる折から、自分で考えるのがまだるこしそうであった。

「へい、まあ、ちょいとした処《ところ》、早いが可《よ》うございます。ここへ、人と書いて御覧じゃりまし。」

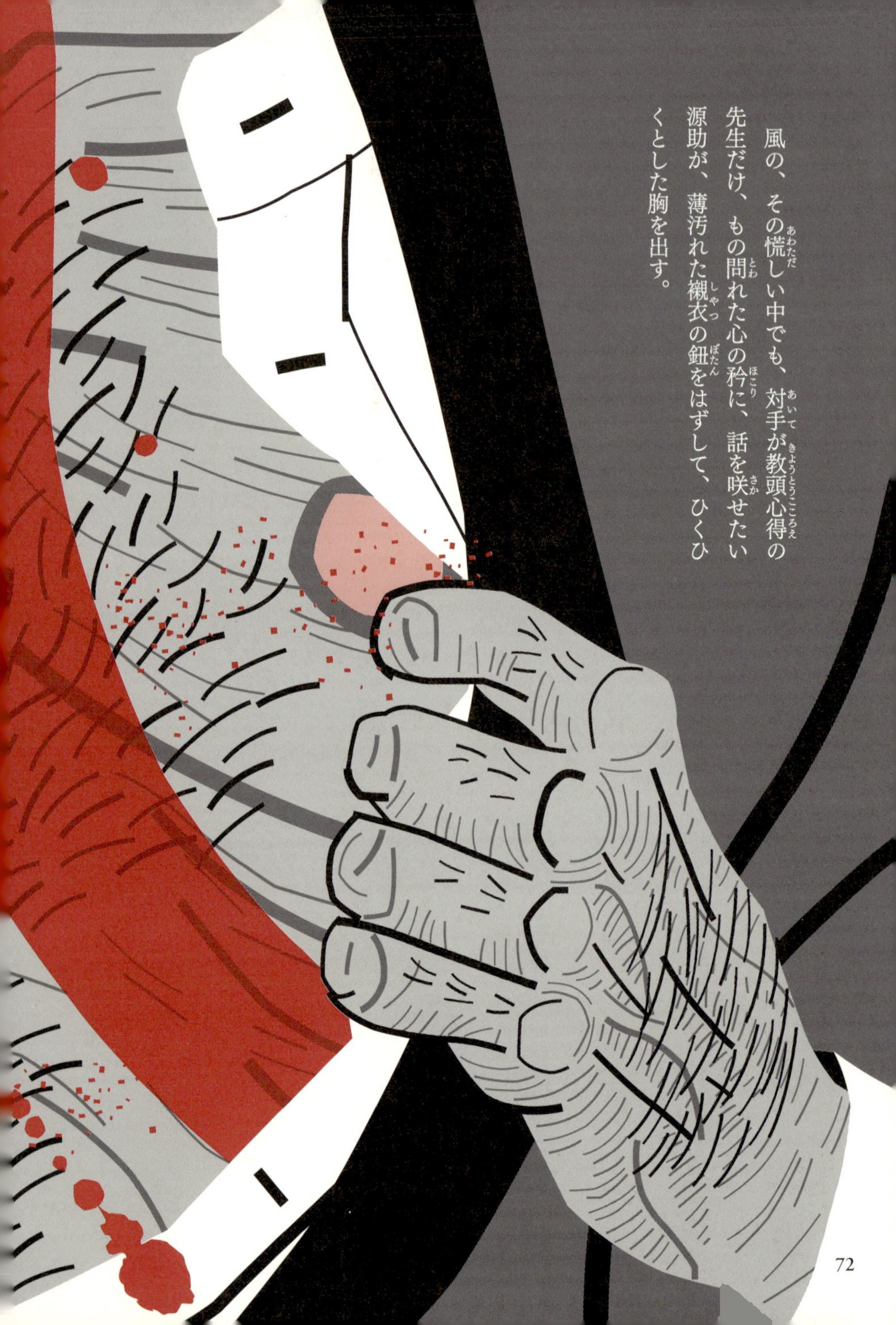

風の、その慌《あわただ》しい中でも、対手《あいて》が教頭心得《きょうとうこころえ》の先生だけ、もの問《と》われた心の矜《ほこ》りに、話を咲《さか》せたい源助が、薄汚れた襯衣《しゃつ》の鈕《ぼたん》をはずして、ひくひくとした胸を出す。

雑所《ざいしょ》も急心《せきごころ》に、ものをも言わず有合《ありあ》わせた朱《しゅ》筆《ふで》を取って、乳《ちち》を分けて朱《あか》い人。と引かれて、カチカチと、何か、歯をくいしめて堪《こら》えたが、突込《つきこ》む筆の朱《しゅ》が刎《は》ねて、勢《いきおい》で、ぱっと胸毛《むなげ》に懸《かか》ると、火を曳《ひ》くように毛が動いた。

「あ熱《っ》々《っ》！」

と唐突《だしぬけ》に躍《おど》り上って、とんと尻餅《しりもち》を支《つ》くと、血声《ちごえ》を絞《しぼ》って、
「火事だ！　同役、三右《さん》衛《え》門《もん》、火事だ。」と喚《わめ》く。

「何だ。」

と、雑所《ざいしよ》も棒立ちになったが、物狂《ものぐる》わしげに、

「なぜ、投げる。なぜ茱萸《ぐみ》を投附《なげつ》ける。宮浜。」

と声を揚《あ》げた。廊下をばらばらと赤く飛ぶのを、浪吉が茱萸《ぐみ》を擲《なげう》つと一目《ひとめ》見たのは、矢を射るごとく窓硝《まどがら》子《す》を映《さ》す火の粉《こ》であった。

途端《とたん》に十二時、鈴《りん》を打つのが、ブンブンと風に響くや、一つずつ十二ヶ所、一時《いちじ》に起る摺半鉦《すりばん》、早鐘《はやがね》。早《は》や廊下にも烟《けむり》が入って、暗い中から火の空を透《す》かすと、学校の蒼《あお》い門が、真紫《まむらさき》に物凄《ものすご》い。

この日の大火《たいか》は、物見の松と差向《さしむか》う、市の高台の野にあった、本願寺《ほんがんじ》末寺《まつじ》の巨刹《おおでら》の本堂床下から炎《ほのお》を上げた怪《あや》し火《び》で、ただ三時《みとき》が間《あいだ》に市の約全部を焼払《やきはら》った。

烟《けむり》は風よりも疾《と》く、火は鳥よりも迅《はや》く飛んだ。
人畜《じんちく》の死傷少《すくな》からず。

火事の最中、雑所《ざいしよ》先生、袴《はかま》の股《もも》立《だち》を、高く取ったは効々《かいがい》しいが、羽織も着ず……布子《ぬのこ》の片袖《かたそでひっちぎ》引断れたなりで、足袋跣足《たびはだし》で、据眼《すえまなこ》の面《おもて》藍《あい》のごとく、火と烟《けむり》の走る大道《だいどう》を、蹌踉《ひょろひょろ》と歩行《ある》いていた。

屋根から屋根へ、――樹の梢《こずえ》から、二階三階が黒烟《くろけむ》りに漾《ただよ》う上へ、翩々《ひらひら》と千鳥に飛交《とびか》う、真赤《まつか》な猿の数を、行く行く幾度も見た。

足許《あしもと》には、人も車も倒れている。

唯《と》ある十字街《じゅうじがい》へ懸《かか》った時、横からひょこりと出て、斜《はす》に曲り角へ切れて行《ゆ》く、昨夜《ゆうべ》の坊主に逢《あ》った。同じ裸に、赤合羽《あかがっぱ》を着たが、これぱかりは風をも踏固《ふみかた》めて通るように確《しか》とした足取《あしどり》であった。

が、赤旗を捲《ま》いて、袖《そで》へ抱くようにして、いささか逡巡《しゅんじゅん》の体《てい》して、

「焼け過ぎる、これは、焼け過ぎる。」

と口の裡《うち》で呟《つぶや》いた、と思うともう見えぬ。
顔を見られたら、雑所《ざいしょ》は灰になろう。

垣《かき》も、隔ても、跡はないが、倒れた石燈籠《いしどうろう》の大《おお》きなのがある。何某《なにがし》の邸《やしき》の庭らしい中へ、烟《けむり》に追われて入ると、枯木《かれき》に夕焼のしたような、火の幹、火の枝になった大樹《たいじゅ》の下《もと》に、小さな足を投出《なげだ》して、横坐《よこすわ》りになった、浪吉の無事な姿を見た。

学校は、便宜《べんぎ》に隊を組んで避難したが、皆《みな》ちりちりになったのである。

唯《と》見ると、恍惚《うっとり》した美しい顔を仰向《あおむ》けて、枝からばらばらと降懸《ふりかか》る火の粉《こ》を、霰《あられ》は五合《ごんご》と掬《すく》うように、綺麗《きれい》な袂《たもと》で受けながら、

「先生、沢山《たくさん》に茱萸《ぐみ》が。」

と云って、臈長《ろうた》けるまで莞爾《にっこり》した。

雑所《ざいしょ》は諸膝《もろひざ》を折って、倒れるように、その傍《かたわら》で息を吐《つ》いた。が、そこではもう、火の粉《こ》は雪のように、袖《そで》へ掛っても、払えば濡《ぬ》れもしないで消えるのであった。

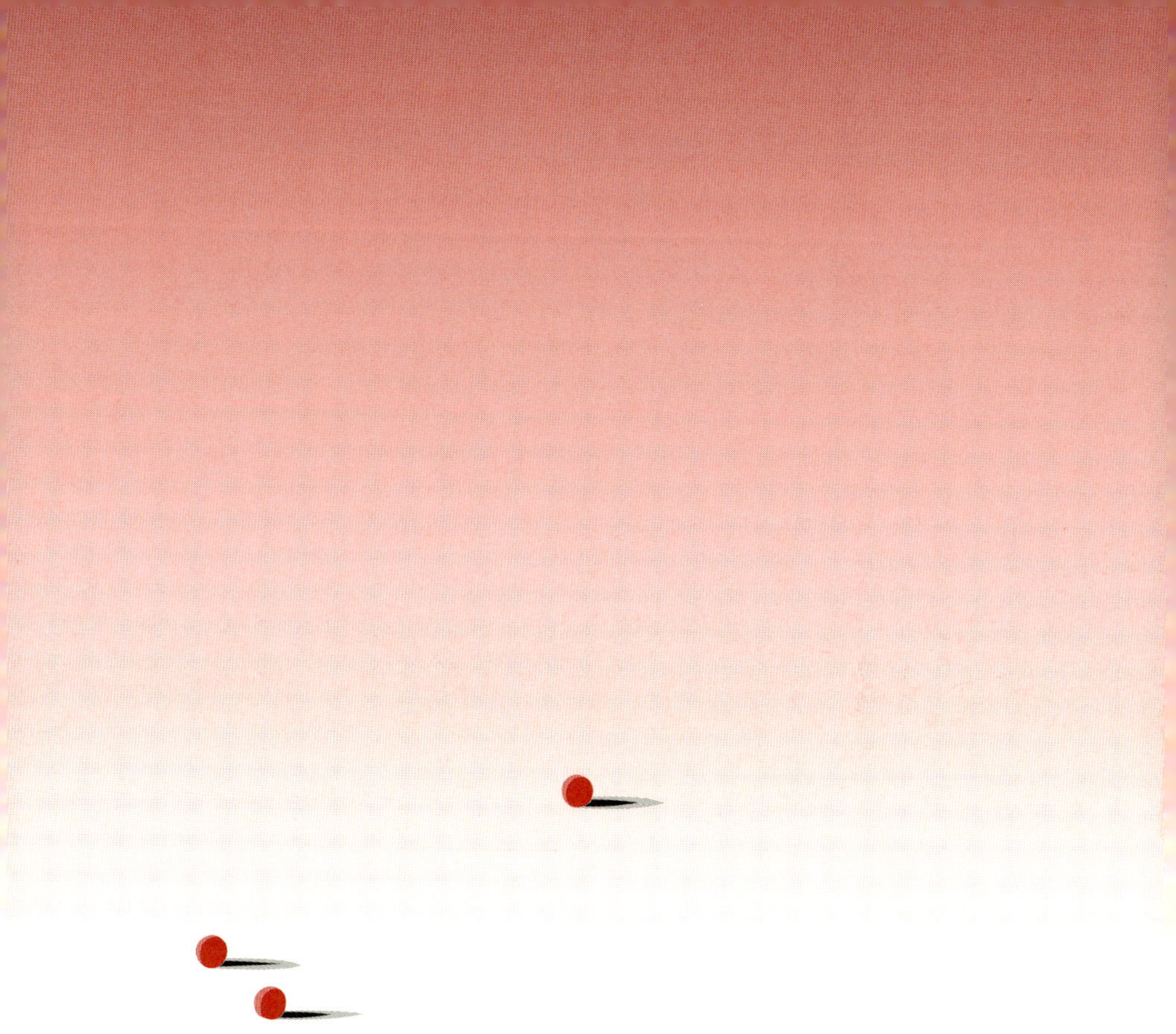

朱日記《しゅにっき》

二〇一五年四月十一日初版第一刷印刷
二〇一五年四月十五日初版第一刷発行

文――泉鏡花
画――中川学
発行者――佐藤今朝夫
発行所――株式会社国書刊行会
〒一七四―〇〇五六
東京都板橋区志村一―十三―十五
電話〇三―五九七〇―七四二一
ファクス　〇三―五九七〇―七四二七
http://www.kokusho.co.jp

造本・装丁――山田英春
印刷――株式会社シーフォース
製本所――株式会社ブックアート
ISBN 978-4-336-05891-1